D0867684

Prisonniers du sofa

Levez-vous de votre sofa et venez faire un
tour sur notre site:
www.soulieresediteur.com

Prisonniers du sofa

un roman de
Gaël Corboz

illustré par Yvan Deschamps

SOULIÈRES | ÉDITEUR

case postale 36563 — 598, rue Victoria
Saint-Lambert (Québec) J4P 3S8

Soulières éditeur remercie le Conseil des Arts du Canada et la SODEC de l'aide accordée à son programme de publication et reconnaît l'aide financière du gouvernement du Canada par l'entremise du Programme d'Aide au Développement de l'Industrie de l'Édition (PADIE) pour ses activités d'édition. Soulières éditeur bénéficie également du Programme de crédit d'impôt pour l'édition de livres – Gestion Sodec – du gouvernement du Québec.

Dépôt légal: 2009
Bibliothèque nationale du Canada
Bibliothèque et Archives nationales du Québec

Données de catalogage avant publication de Bibliothèque et Archives Canada

Corboz, Gaël.

Prisonniers du sofa

(Collection Chat de gouttière ; 35)

Pour les jeunes de 9 ans et plus.

ISBN 978-2-89607-100-5

I. Deschamps, Yvan. II. Titre. III. Collection: Chat de gouttière ; 35.
PS8605.O72P74 2009   jC843'.6 C2009-940636-5
PS9605.O72P74 2009

Illustration de la couverture
et illustrations intérieures :
Yvan Deschamps
Conception graphique de la couverture :
Annie Pencrec'h

Pour Tite-Laine, sans qui j'aurais
toujours froid au coeur.

Prologue

Problème à la caisse

Le soleil rayonne comme jamais en cette belle journée de juillet. Les oiseaux gazouillent, le gazon est d'un vert éclatant et on entend le rire des enfants qui s'amusent dans les manèges du parc Bellemare. Tous les petits garnements du quartier sont là. Tous ? Non. Juste devant le parc, se trouve une maison aux briques brun clair, au toit brun foncé et aux volets tirant sur le brun chocolat. C'est là qu'habitent Maxime Boisclair, un grand gaillard de dix ans, et Florence, sa petite sœur âgée de six printemps.

Maxime déteste aller jouer dehors. Même s'il a dans sa cour la plus belle cabane du quartier, il préfère de loin demeurer à l'ombre, sous son toit, à jouer à des jeux vidéo ou à regarder la télévision. Aujourd'hui ne fait pas exception à la règle. Il a beau faire un temps radieux, Maxime est devant la petite télé du salon depuis qu'il est debout ce matin et il mange son spaghetti en regardant les dessins animés.

— Maxime, je t'ai déjà dit que je ne voulais pas que tu manges dans le salon ! tonne Carole, sa mère, en sortant la tête de la salle de bains. Va t'asseoir à la table !

— Mais, maman, mon émission n'est pas finie ! gémit Max.

— Tu n'en mourras pas. Ta vie n'est pas régie par ce qui passe à la télé ! Allez, lève-toi et va t'installer à la table.

Penaud, Maxime soupire bruyamment en marchant les douze pas qui séparent le divan du salon d'une chaise de cuisine. Hors du champ de vision de sa mère, Maxime sort son jeu vidéo portatif de sa poche et commence une partie tout en engouffrant son dîner. Florence vient alors le rejoindre à la table.

— Moi aussi, je veux des spaghettis ! s'exclame-t-elle. Maxime, est-ce que tu peux m'en donner un bol ?

— Va t'en préparer toi-même, t'es assez grande pour te servir toute seule, réplique le grand frère sans même lever les yeux sur sa sœur. C'est facile, tu n'as qu'à les mettre dans l'eau bouillante.

Sans plus attendre, Florence se rend au garde-manger. Les pâtes sont sur la tablette du haut, hors de sa portée. Elle pose alors le pied sur une tablette inférieure, s'agrippe à celle qui est juste en dessous des céréales et se tire vers le haut. BEDING ! BEDANG !

Le garde-manger se vide de son contenu sur le plancher de la cuisine, ensevelissant du même coup la petite Florence, qui se met à pleurer. Carole, le visage à

11

moitié maquillé, sort à toute vitesse de la salle de bains.

— Florence ! Est-ce que ça va ? demande la mère, paniquée. Que s'est-il passé ?

— SNIF ! Je voulais des spaghettis pis Maxime voulait pas m'en donner.

Maxime avait observé l'accident sans bouger depuis la table de cuisine. Carole le fusille du regard et console Florence,

qui a reçu une boîte de maïs en crème sur la tête. Le jeune homme baisse les yeux alors que sa mère monte le ton.

— Veux-tu bien me dire pourquoi tu n'as pas fait cuire des pâtes à ta sœur ? Tu sais bien qu'elle est trop petite pour se rendre à la tablette du haut ! Et encore trop jeune pour se faire à manger ! Attends que ton père revienne de l'épicerie, il ne…

La porte de la maison s'ouvre et François Boisclair, le père, entre avec deux sacs d'épicerie.

— Chérie, il y a un problème avec… mais qu'est-ce qui s'est passé ? demande-t-il.

Il s'arrête net devant la scène qui se déroule dans la cuisine.

— Notre fils a laissé sa sœur grimper dans le garde-manger parce qu'il ne voulait pas lui faire à manger.

François se tourne vers son fils, dont le regard est braqué sur le plancher. De sa poche dépasse son jeu vidéo.

— Tu ne voulais pas aider ta sœur parce que tu jouais encore à ton satané jeu, c'est ça ?

Maxime ne répond pas. Son visage rougit de honte. Son père tend alors la main vers lui.

— Donne-moi ton jeu tout de suite et présente tes excuses à ta sœur, ordonne-t-il.

Maxime s'exécute, les yeux toujours tournés vers le sol. Vaut mieux ne pas contrarier son père lorsqu'il est en colère.

— On va s'en reparler ce soir, dit ce dernier sur un ton autoritaire.

Puis il se tourne vers sa femme.

— Il y a un problème avec notre compte bancaire. Je n'ai pas pu payer les emplettes avec ma carte. Il faut qu'on aille voir le directeur de la banque avant que ça ferme. En plus, je dois passer au bureau : il y a un dossier dont je dois m'occuper avant les vacances.

— Mais chéri, c'est à l'autre bout de la ville et ils vont livrer le sofa vers...

François met l'index sur sa bouche pour indiquer à sa femme de se taire, mais, trop tard, Maxime a tout entendu.

— Quoi ? On va avoir un nouveau sofa ? s'exclame-t-il, tout sourire.

François fait semblant de l'ignorer et continue de parler à Carole.

— Finis de te maquiller... ou de te démaquiller et puis on va y aller.

— Tu ne peux pas y aller seul ? Il faut que l'un de nous soit ici vers quinze heures, tu sais bien.

— Il faut que l'on se présente tous les deux, car c'est un compte commun, réplique François. On va faire vite, une heure maximum. Et puis, les livreurs de meubles sont toujours en…

Carole met l'index sur sa bouche pour indiquer à son mari de se taire. Maxime, qui a suivi la conversation, affiche une mine amusée.

— Vous pouvez faire ce que vous voulez pour me le cacher, je sais qu'on va avoir un nouveau sofa !

Encore une fois, son père fait mine de ne pas l'entendre et commence à déballer les sacs alors que Carole retourne vite dans la salle de bains. De son côté, Maxime sautille partout dans la maison en répétant « on a un nouveau sofa ! »

François termine de tout déballer en même temps que sa femme achève sa toilette. L'empressement du moment semble leur faire oublier une chose.

— Papa, qui va venir nous garder ? Est-ce que c'est grand-maman ? demande Florence.

Les deux parents s'arrêtent net. Ils ne seront pas partis très longtemps, mais ils n'ont encore jamais laissé leurs enfants seuls à la maison. Pendant un moment, rien n'est dit, François et Carole se conten-

tant de réfléchir. En voyant Maxime sau-
tiller sur place, le père a une idée.

— Max, viens ici, lance-t-il sur un ton
autoritaire.

— Quoi, qu'est-ce que j'ai fait ?

— Écoute-moi bien. Ta mère et moi
partons pour deux heures tout au plus et
nous te confions la responsabilité de garder ta sœur. Penses-tu en être capable ?

— Ben oui, j'suis pas un bébé, là !

— Peut-être, mais ce que tu as fait ce
midi est inacceptable et ne me prouve
pas encore que tu es responsable. Tu as
agi comme si tu avais l'âge de Florence
et je ne suis vraiment pas fier de toi.

Maxime fait la moue. Ayant atteint sa
cible, François reprend :

— Aimerais-tu ça qu'on ait un nouveau sofa à la place de celui aux vieux
coussins inconfortables du sous-sol ?
Montre-nous qu'on peut te faire confiance,
Maxime. Sinon, je vais appeler le magasin et annuler la livraison.

— Non, ne fais pas ça ! Je vais bien
m'occuper d'elle, je te le promets !

— D'accord. Ne me déçois pas.

Carole fait signe à son mari qu'il est
temps de partir. François enfile en vitesse son manteau et se dirige vers la
sortie.

— Une dernière chose, Max : il fait super beau, allez donc faire un tour dehors !

Chapitre 1

Dans le ventre du sofa

Le sous-sol est composé d'une seule pièce qui s'étend sur toute la superficie de la maison. Un tapis orange à poils longs recouvre le plancher. L'ameublement est concentré dans un coin, là où se trouvent la télévision et, juste devant, le vieux sofa beige.

Maxime allume la console de jeu vidéo et place tous les coussins de son côté pour être à l'aise. Florence vient s'asseoir près de lui avec sa poupée dans les bras.

— À quoi tu joues ? demande-t-elle à son frère. Papa a dit d'aller jouer dehors.

19

— Je joue au hockey et je n'ai pas envie d'aller dehors. Vas-y si tu veux, mais avant, tu veux bien aller allumer la télé ? demande Maxime, trop paresseux pour se lever.

— Est-ce que je peux jouer avec toi ? demande Florence en se levant.

Maxime attend que sa sœur vienne se rasseoir avant de refuser.

— Non, t'es trop jeune, tu vas me faire perdre. Reste là et regarde.

Florence insiste, mais son frère ne bronche pas. Frustrée, elle se cale dans le sofa et soupire bruyamment. Puis, elle se relève.

— J'ai soif, tu veux me donner un verre de jus ?

— Non, tu ne vois pas que je suis occupé ? répond Maxime sur un ton agacé.

— Papa a dit que tu devais t'occuper de moi !

Florence se met à pleurer. Maxime essaie de l'ignorer, mais les pleurs de sa sœur sont de plus en plus bruyants.

— Okay, ça va, calme-toi. Attends que j'aie terminé la première période puis tu vas avoir ton verre de jus, d'accord ?

La fillette renifle et se calme peu à peu. Elle se rapproche encore un peu plus près de son frère et lui serre le bras, mais Maxime se dégage.

— Lâche-moi, je joue, là ! Reste tranquille s'il te plaît.

— Est-ce qu'on va aller jouer dehors tantôt ?

— Pourquoi ? Il n'y a rien à faire dehors. On va rester au sous-sol, on a tout ce qu'il faut ici.

— Je veux aller jouer dans ta cabane ! Papa a dit qu'il fallait qu'on aille jouer dehors.

— Je sais ! J'ai pas le goût d'aller dehors, tu es sourde ou quoi ? Il fait trop chaud. Ici, au moins, on est au frais. Pis, ma cabane, c'est pas un endroit pour les petites sœurs. Tasse-toi un peu.

En disant cela, Maxime replace les coussins et s'étend de tout son long. Il pose ses pieds sur sa sœur, qui se bouche le nez.

21

— Tes pieds puent ! Enlève-les, bon !

— Désolé, petite sœur, mais le sofa est trop court. Il va falloir que tu attendes que le nouveau arrive et qu'on se débarrasse de celui-ci pour...

— CRACCCCKKKK !

Un immense craquement résonne tout à coup dans la pièce. Maxime se tait et écoute. Un autre, plus grinçant, se fait entendre. Le jeune Boisclair sent que ça bouge sous lui, mais il reste pétrifié. Florence regarde son frère, terrorisée.

— Maxime, j'ai peur.

Juste après avoir parlé, Florence est aspirée entre les coussins du sofa. Maxime lui agrippe une main juste à

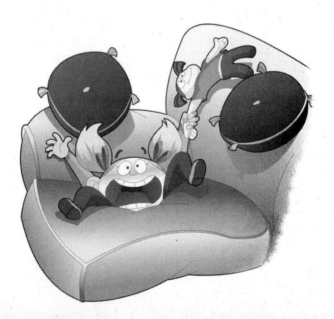

temps. La blondinette hurle de toutes ses forces pendant que son frère la retient du mieux qu'il peut. Florence s'enfonce toujours, comme si quelqu'un ou quelque chose la tirait vers l'intérieur du meuble. Bientôt, sa tête disparaît entre les coussins. La poigne de son frère se relâche, la main de la jeune fille glisse et Florence est maintenant prisonnière... du sofa.

Maxime n'a pas le temps de se remettre de ses émotions qu'il est à son tour aspiré entre les coussins. Il s'agrippe à un des bras du sofa et hurle pour qu'on lui porte secours. Épuisés, ses doigts lâchent prise un par un, ses ongles rongés ne lui sont d'aucun secours et Maxime disparaît à son tour. À la télé, la deuxième période vient de débuter.

Maxime ouvre les yeux, mais ne voit rien. Il est couché sur ce qui semble être un matelas. Peu à peu, il s'habitue à l'obscurité qui l'entoure. Un filet de lumière perce maintenant les ténèbres au-dessus de sa tête et il commence à discerner les alentours. Il se retourne de tous les côtés en cherchant sa petite sœur, mais celle-ci est absente. Du coup, il réalise que le prétendu matelas recouvre tout le sol où il se trouve.

— Mais où suis-je ? se demande-t-il.

Il hurle le nom de Florence, sans aucun résultat. Il n'y a aucun écho, comme si chaque son était avalé par l'air. Maxime fait quelques pas en continuant d'appeler sa sœur. Il heurte soudainement un mur devant lui, un mur rembourré et feutré au toucher… comme son vieux sofa. L'odeur ambiante lui rappelle justement ce dernier.

— Elle est partie de l'autre côté, dit une voix douce derrière lui.

Maxime est sidéré. Il n'ose pas se retourner. Des pas s'approchent. Il a chaud et il tremble. Quand une main touche son épaule, son cœur s'arrête avant qu'il ne sursaute.

— N'aie pas peur, je ne veux que t'aider.

Devant lui, Maxime a peine à croire ce qu'il voit. Une pièce de dix sous reluisante lui lance un tendre sourire. La bouche béante, le jeune homme reste silencieux.

— On dirait que tu n'as jamais vu une pièce de monnaie de ta vie. Comment es-tu arrivé ici ?

— Ici ? Où suis-je ? Qui êtes-vous ? dit Max en bégayant.

— Tu es à Divanville, dans le quartier Tichange. Je m'appelle Grandevoile et j'habite ici.

La pièce de dix sous pointe un gros tas de poussière le long du mur en miettes de rôties à quelques mètres d'eux. Un morceau de biscuit au chocolat fait office de porte. Maxime reste silencieux. Les réponses de Grandevoile ne lui disent absolument rien. Ses jambes deviennent molles et il a le vertige.

— Je vais m'asseoir, je ne me sens pas bien.

— Viens, on rentre, dit la pièce de dix sous en le prenant par les épaules. Je vais te donner à boire et tu vas pouvoir m'expliquer comment tu es venu ici.

Chapitre 2

À la recherche de Florence

Maxime termine son quatrième verre d'eau. Ils sont dans ce qui semble être la cuisine, attablés à un couvercle de pot d'aspirine. Pendant plus de cinq minutes, il raconte à Grandevoile comment il est arrivé à l'intérieur du sofa. Bien que peu surprise d'apprendre qu'il venait d'au-delà des coussins, la pièce de dix sous ne s'explique pas ce qui s'est passé.

— Pourquoi t'a-t-on aspiré ici ? demande-t-elle.

— Bonne question ! ricane Maxime. Tu sais qui pourrait me renseigner ?

Grandevoile semble songer à quelque chose avant de hocher de la pièce.

— Hum… je crois. Mais avant, il faut retrouver ta sœur.

— C'est vrai, mais elle aurait dû rester sur place au lieu de partir à l'aventure !

— Peut-être, mais ce qui est fait est fait. Tu en es responsable, donc tu dois la retrouver.

Et Grandevoile se met à hurler :

— Les enfants ! Venez ici mes petits sous !

Soudain, quatre sous noirs descendent en trombe de l'étage et viennent s'installer près de leur mère. Leur regard est fixé sur Maxime, qui ne sait pas trop comment réagir.

— Les enfants, voici mon ami Maxime. Maxime, je te présente Bellefeuille, Monnaie, Coinsronds et Penny.

— Salut Maxime ! disent en chœur ces derniers.

— Bonj… salut.

— Nous avons besoin de votre aide, les enfants. Maxime a perdu sa sœur et il ne connaît pas du tout notre quartier. Il vient d'un autre monde, celui des humains. Je veux que vous l'accompagniez. Allez voir vos amis les Biscuitsecs et faites un tour dans le parc des Vieux Ressorts.

— Mais, maman, on n'a pas fini de jouer à Police et voleur, dit le petit Coinsronds.

— Vous finirez plus tard. Si vous aidez Maxime et qu'il retrouve sa sœur, je vais vous cuisiner un gros gâteau de poils.

Les sous sautent de joie et tirent Maxime par le bras vers l'extérieur de la maison. Les Biscuitsecs ne demeurent pas très loin, à quelques minutes de marche seulement, et les compagnons du jeune garçon entament une chanson à répondre. De son côté, Maxime, à la traîne du groupe, ne dit rien du trajet, se conten-

tant d'observer le monde qui l'entoure. Les maisons se ressemblent toutes un peu et Max retrouve quelques éléments familiers de la société humaine. Ici, un grain de riz attaché à une niche jappe énergiquement quand le groupe passe devant lui. Plus loin, un trombone rouillé se berce sur sa galerie en leur criant de chanter moins fort. La rue est faite d'un mélange de sable et de petites roches.

— Maxime, à quoi ressemble ton monde ? demande tout à coup Penny.

— Hein, quoi ? répond le jeune garçon distrait par son nouvel environnement.

— Dans ton monde, au-delà des coussins, qu'est-ce que vous faites pour vous amuser ?

Les autres tendent l'oreille tout en continuant d'avancer.

— Euh, bien on joue à des jeux vidéo, *Épées fantastiques,* par exemple.

— C'est quoi des jeux vidéo ?

— Bien, c'est un jeu qui se déroule sur un écran de télévision, une espèce de boîte qui fabrique des images. Nous, on s'assoit sur le sofa et, à l'aide d'une manette de contrôle, nous décidons de ce que nous allons faire. Dans *Épées fantastiques*, on contrôle un personnage mé-

30

diéval qui peut se battre contre des dragons, des magiciens ou des monstres. Le but est de posséder les quatre épées magiques cachées dans le jeu afin de pouvoir tuer le méchant sorcier Koffir.

— Ça l'air amusant, on pourrait y jouer plus tard.

— Je ne pense pas, ça prend une télévision, une console de jeu et le mini-disque. On ne peut rien faire sans ça.

Penny et les autres se mettent à ricaner.

— Pas besoin de ce bric-à-brac. Nous, on n'a rien de tout ça et on s'amuse beaucoup. Un de nous fera le sorcier, les autres, le dragon, le magicien et le héros. On n'a qu'à se fabriquer des épées avec des bouts de cure-dents et le parc des Vieux Ressorts sera notre monde médiéval.

C'est maintenant au tour de Maxime de ricaner.

— Pourquoi ris-tu ? interroge Penny.

— Bien, premièrement, je n'ai jamais vu votre parc à ressorts, mais je suis certain que ça n'a rien de bien médiéval. Et si, par exemple, Coinsronds est le magicien, comment va-t-il faire pour te transformer en grenouille par exemple ? Où va-t-il trouver les ingrédients pour animer un golem de pierre ?

— On n'a qu'à l'imaginer, pas besoin que ce soit pour de vrai. Les humains n'ont pas d'imagination ?

Maxime est pris au dépourvu par la question. Il tente de répondre, mais Monnaie bifurque à sa droite dans une entrée de garage occupée par une voiture sport rouge et verte.

— Hé, c'est ma voiture ! s'exclame Max en reconnaissant une des petites voitures qu'il avait perdue il y a de cela quelques années.

Le groupe monte les trente marches, devant la porte. Maxime reste en bas et essaie de reprendre son souffle, lui qui ne fait pas souvent d'exercice. Monnaie sonne une fois arrivée au sommet. Quelques secondes plus tard, un gros biscuit rond portant une cravate rouge au nœud détendu et une chemise blanche s'avance.

— Ah, salut les Sous ! Comment va votre mère ?

— Bien, monsieur Biscuitsec, répond en chœur le groupe, à l'exception de Maxime. Est-ce que Soda et Craquelin sont là ?

— Oui, mais ils ne peuvent pas venir jouer avec vous, ils se sont foulé un coin en jouant une partie de basketball.

Le regard de Galette Biscuitsec se braque tout à coup sur Max et l'examine de la tête aux pieds. Il semble fasciné par son visage, beaucoup plus détaillé que le sien, qui ne consiste qu'en quelques trous et enflures ici et là.

— Qui est votre ami ?

— Il s'appelle Maxime, répond Penny avec entrain, il vient d'au-delà des coussins. Il a perdu sa sœur Florence en venant ici et nous l'aidons à la retrouver. Nous aimerions parler avec Soda et Craquelin pour savoir s'ils ne l'auraient pas vue.

Galette hoche lentement la tête de haut en bas tout en ne lâchant pas Maxime du regard. Ce dernier est paralysé par la gêne... et aussi parce qu'il est face à face avec le plus gros biscuit parlant qu'il ait jamais vu. M. Biscuitsec se retourne et appelle ses deux fils. Deux plus petits biscuits, l'un carré et l'autre rectangulaire, arrivent en boitant, un coin couvert de bandage.

— Salut ! répondent ceux-ci en même temps.

— Salut Soda, salut Craquelin ! Est-ce que vous auriez vu une petite fille humaine se promener dans les parages ?

— Elle ressemble à quoi ?

Les yeux des Sous se retournent tous vers Maxime. Il lève les yeux vers le haut et soupire en silence. « Elle doit bien être la seule fillette dans les environs. À quoi sert de dire à quoi elle ressemble ? » se demande-t-il avant de la décrire.

— Elle a les cheveux blonds coiffés en lulus avec des boucles vert pomme. Elle porte une veste rose avec une fraise sur le cœur, un t-shirt blanc et un jean bleu. Elle a une voix aiguë et elle a tendance à pleurnicher pour pas grand-chose.

Les Biscuitsecs se mettent à réfléchir, mais au bout d'un moment, ils doivent se résigner : ils ne l'ont pas vue.

— Désolés, mais nous n'avons vu personne qui corresponde à cette description. Peut-être que si vous allez voir les voisins, ils…

— Mais attendez ! s'exclame tout à coup Galette. Je l'ai vue, cette fillette, en revenant du travail !

Maxime, jusque-là un peu déprimé, sent son cœur s'emballer. Enfin, il a une piste.

— Où ça ? Quand ?

— Bien tu vois, j'étais dans ma voiture et je roulais devant le parc des Vieux Ressorts quand j'ai aperçu, sur une balançoire, une petite fille qui pleurait. Il y

avait une bille à ses pieds et elle était en-
tourée d'une bande de puces, alors j'ai
pensé qu'elle s'était fait mal en jouant une
partie de soccer.

— Les puces ! sursautent les Sous.

Juste au ton de la voix de ses compagnons, Maxime comprend que Florence est
en danger. Un sentiment d'impuissance,
de peur et de colère l'envahit. « Papa sera
vraiment en rogne s'il lui arrive quelque
chose » se dit-il. Le visage de sa sœur en
larmes s'imprègne dans son esprit. Il doit
faire quelque chose et vite.

— Merci monsieur, dit Max avec
aplomb.

— Y'a pas de quoi, jeune homme. Je
suis toujours prêt à aider les étrangers.

Chapitre 3

Les puces attaquent !

Cette fois, Maxime mène le groupe à sa prochaine destination : le parc des Vieux Ressorts. Derrière lui, les Sous ne cessent d'essayer de le dissuader, mais en vain.

— Max, les puces sont dangereuses et méchantes, n'y va pas, implore Monnaie. Elles font la loi dans le quartier. Même les grands de la polyvalente de Tichange en ont peur !

— Ils vont te prendre, toi aussi, et tu ne seras pas plus avancé, ajoute Penny.

— Elles ne te rendront pas ta sœur sans avoir quelque chose en retour, dit Bellefeuille. Qu'as-tu à leur offrir ?

Maxime s'arrête et se retourne vers ses compagnons. Il a une mine déterminée et les regarde un à un dans les yeux.

— Écoutez-moi bien, je n'oblige personne à me suivre ! Je comprends que vous vouliez me prévenir et éviter qu'il ne m'arrive du mal, mais je n'ai pas le choix. Je dois retrouver ma sœur et retourner chez moi avant que mes parents reviennent. Vous avez peur des puces ? Eh bien pas moi !

Puis, Maxime se retourne et reprend sa quête. Un moment de silence s'installe. Les Sous s'échangent des regards remplis d'inquiétude. Max est déjà à deux maisons de distance du groupe quand Coinsronds crie dans son dos :

— Attends-moi, je t'accompagne !

Maxime s'arrête de nouveau et se retourne pour observer son ami courir vers lui. Ensuite, c'est au tour de Penny de rattraper le jeune homme, suivi peu après des deux autres. De nouveau cinq, ils continuent leur marche à la recherche de Florence.

Sans s'en rendre compte, le groupe franchit une frontière imaginaire et pénètre dans la partie pauvre de Divanville, le quartier Desmiettes. Les maisons, avec leurs aménagements paysagers, ont laissé la place aux immeubles à logements avec leurs innombrables balcons encombrés de toutes sortes de choses.

— Le parc est juste au coin, dit Bellefeuille à Max. Restez ici, je vais jeter un coup d'œil.

Le groupe demeure en retrait et observe le Sou s'approcher de la clôture du parc et disparaître derrière un mur de briques. Pendant quelques instants, rien n'est dit, tout le monde attend patiemment le retour de Bellefeuille. Les minutes passent cependant et aucune nouvelle de l'éclaireur. L'inquiétude grimpe chez les membres du groupe.

— Bon, assez perdu de temps, j'y vais.

Maxime se lève et suit le même trajet que son prédécesseur. En tournant derrière le mur de briques, il découvre le fameux parc. De vieux ressorts rouillés sortent ici et là du sol de façon désordonnée. Des boutons à deux et quatre trous tiennent lieu de tourniquet. Le sol est jonché de déchets de toutes sortes et un vieil emballage de barre tendre au chocolat et à la guimauve, la saveur favorite de Maxime, occupe une bonne partie de l'aire de jeu. C'est là que se trouve Bellefeuille… entouré d'une bande de puces, six au total, avec des bandeaux sur la tête. En voyant celle-ci pleurer, il a une pensée pour sa petite sœur et cela le met hors de lui.

Maxime court vers les assaillantes de Bellefeuille en hurlant de la laisser tranquille. Surprises, les puces se retournent toutes en même temps vers lui.

— Lâchez-là, bande de parasites, elle ne vous a rien fait !

Les puces se mettent à rire, un rire moqueur, et se placent de façon à encercler Maxime à son arrivée. Ce dernier ra-

lentit et s'arrête net en plein milieu du cercle de puces. Il regarde vers son amie, demeurée sur le sol près de l'emballage de barre tendre. Bellefeuille semble terrorisée.

— Ne t'en fais pas Bellefeuille, ça va bien aller, lance Max.

— Pas pour toi en tout cas ! s'exclame une des puces, le bandeau sur un œil.

— Qu'est-ce qu'on va faire de lui, les amis ? demande une autre, un sourire diabolique sur son visage d'insecte.

— Qu'avez-vous fait de ma sœur ?

— Ta sœur ? Celle qui ne cessait pas de pleurer ? ricane une puce avec une antenne cassée. On l'a vendue pour s'acheter des bonbons et on va faire la même chose avec toi !

Maxime lève les poings, prêt à se défendre en cas d'attaque. Il se retourne fréquemment afin de ne pas se faire surprendre par derrière. De son côté, voyant que personne ne la regarde, Bellefeuille se relève d'un trait et court de toutes ses forces vers la sortie du parc. Maxime l'observe du coin de l'œil avec l'espoir que son amie réussira à s'échapper sans que personne ne la remarque. Hélas, une puce l'aperçoit et effectue un bond prodigieux d'une dizaine de mètres pour atterrir juste devant la pièce d'un cent. Le parasite agrippe sa proie et la ramène vers le groupe après deux courts bonds.

Maxime se rappelle alors ce qu'il avait appris sur les puces lors d'une visite au musée d'histoire naturelle : elles peuvent parcourir une distance impressionnante en un seul saut. Si elles avaient la taille d'un humain, elles pourraient sauter par-dessus la tour Eiffel !

— Reste là et tiens-toi tranquille ! grogne la puce en se débarrassant de Bellefeuille.

L'attention de la bande revient maintenant sur Maxime. La peur commence à l'envahir. Il se sent coincé, comme dans un cul-de-sac, sans issue de secours. Les puces s'approchent en ricanant et en feignant de le frapper.

— HORACE ! HECTOR ! HOMER ! QU'EST-CE QUE JE VOUS AI DIT ? hurle une voix féminine en rogne. ON NE TRAÎNE PAS AU PARC QUAND ON A DES DEVOIRS À FAIRE !

Les puces sont pétrifiées d'effroi. Trois d'entre elles se retournent lentement.

— ET VOUS, OCTAVE ET OMAR ! hurle une autre voix, celle-ci plus aiguë que la première, mais aussi colérique : JE CROYAIS AVOIR ÉTÉ CLAIRE

42

AVEC VOUS DEUX : PAS DE BALLON APRÈS LE SOUPER !

— ET TOI JACQUES ! RETOURNE-TOI, ET VIENS ICI, ESPÈCE D'HYPO-CRITE ! crie encore une autre voix, cette dernière avec un accent français.

Maxime est quelque peu déboussolé. La peur éclate dans le regard des parasites. Ils ne semblent même plus se préoccuper de lui. Soudain, il comprend. Ce sont leurs mères et à voir l'expression sur leur visage, vaut mieux ne pas ignorer leur colère.

— VENEZ ICI TOUT DE SUITE ! ordonne simultanément chacune d'elles.

La tête baissée, les puces marchent lentement vers leur maman. Maxime est laissé seul avec Bellefeuille et observe les invertébrés se faire chicaner vertement.

— Merci d'être venu me sauver, dit la pièce de monnaie en serrant Maxime.

— Tu devrais remercier leurs mères d'être arrivées au bon moment.

Une mère puce agrippe alors son fils et le traîne vers eux. Durant un moment, Maxime se demande s'ils ne devraient pas se sauver en courant, mais il se dit que, de toute façon, la mère les rattraperait d'un seul bond.

Les puces sont maintenant à leur hauteur.

— Allez Jacques, dis-leur ce que tu m'as dis.

— Mais maman…

— Y'a pas de mais qui tienne ! Tu leur dis ou j'annule ton inscription dans l'équipe de basketball du quartier !

— Si je leur dis, les copains vont être fâchés. On n'a pas le droit de révéler un secret.

— Tu n'avais qu'à y penser avant, jeune puceron insolent !

Jacques soupire avant de se tourner vers Max et il commence son histoire.

— On a rencontré ta petite sœur tantôt en se rendant au parc pour jouer au ballon. Elle te cherchait et voulait qu'on l'aide, mais on s'est mis à rire et à la bousculer jusqu'à ce qu'elle tombe et commence à pleurer. Elle pleurait si fort qu'on avait peur qu'elle alerte les voisins, alors on lui a dit qu'on t'avait vu et on l'a emmenée dans notre cachette secrète. Elle doit encore y être.

— Où est cette cachette ? demande Maxime, qui a retrouvé espoir, mais qui fulmine de colère.

— C'est un secret, je ne peux...

— JACQUES !

— D'accord ! Elle est en dessous du bouton «3» de la télécommande. Il est facile à relever puisqu'un coin est brisé. Bon voilà, maintenant tout le monde va le savoir et on n'aura plus de cachette !

— Ça t'apprendra à faire du mal aux gens ! Franchement, bousculer et emprisonner une petite fille qui n'est même pas du coin, attends que ton père apprenne ça !

Jacques et sa mère s'éloignent, cette dernière continuant de chicaner son fils. Maxime et Bellefeuille retournent vers l'entrée du parc. Cependant, aucune trace des autres sous. Les deux amis appellent à plusieurs reprises leurs compagnons, mais sans succès. L'inquiétude les gagne aussitôt.

Chapitre 4

Comment se rendre
à la télécommande ?

—Q ue leur est-il arrivé, Maxime ?
— Je ne sais pas, Bellefeuille.
Rien de grave j'espère.

Le jeune homme braque son regard sur le sol à la recherche d'indices, de traces ou de tout autre chose qui pourrait l'aider à comprendre ce qui s'est passé. Soudain, une roche atteint Max derrière la jambe. Il se retourne, observe autour de lui, mais ne voit rien. Un deuxième caillou l'atteint cette fois au genou. Il plisse les yeux dans la direction d'où est venu le projectile. Il n'y a devant lui qu'un conteneur à déchets dont le couvercle est relevé. Tout à coup, un Sou montre le haut de sa pièce. C'est Monnaie.

— Monnaie ! Monnaie ! crie joyeusement Bellefeuille en courant vers le conteneur à déchets.

Elle saute sans même regarder à l'intérieur et atterrit sur ses frères et sœurs.

— Chut ! Tu vas nous faire découvrir ! chuchote Monnaie. Tu n'as pas vu les trois grosses puces enragées passer dans le parc ?

— Oui et une chance qu'elles sont intervenues ! Sinon, Maxime et moi aurions été dans de beaux draps !

Monnaie, Penny et Coinsronds s'échangent tour à tour des regards interrogateurs.

— Hein ? Tu veux bien nous expliquer ?

Bellefeuille vient à peine de commencer à parler que Maxime passe la tête au-dessus du conteneur et dit :

— Nous aurons amplement le temps pour des explications plus tard. Pour le moment, on a une télécommande à trouver et elle retient toujours ma sœur prisonnière.

Quand Jacques a mentionné que le bouton «3» se relevait grâce à un des coins qui est brisé, Maxime a su tout de suite qu'il s'agissait de la vieille télécommande de la télévision du sous-sol. C'est lui-même qui l'avait brisée en la lançant sur le mur alors qu'il avait perdu sa dernière vie en jouant à un jeu vidéo. Elle ne fonctionnait plus depuis et Maxime l'avait cachée dans le sofa pour ne pas que ses parents s'en aperçoivent.

— Allez, venez.

Il tend la main vers ses amis et, un à un, les tire à l'extérieur de leur cachette. Lorsque tout le monde est sorti, le grand Maxime demande :

— Par où va-t-on pour arriver à destination ?

49

Les Sous haussent les épaules.

— Quoi ? Personne ne sait où elle se trouve ?

— Non, désolé, répond Penny. Si on l'avait su, on s'en souviendrait, c'est sûr !

Maxime sent ses jambes devenir molles. Il s'assoit et plonge la tête dans ses mains. Tout ce chemin parcouru pour rien. Il est si près du but pourtant, ça ne peut pas se terminer comme ça ! Il a le cœur qui palpite, le souffle court, les larmes qui perlent au coin des yeux. Les pièces le regardent avec compassion, ne sachant que faire.

Puis Max relève la tête. C'est lui qui a caché la télécommande. Il sait où elle se trouve. Elle est derrière le coussin de gauche, au fond du sofa. Il revoit ce moment dans sa tête. Son cœur ralentit, sa respiration se stabilise, il est maintenant calme, en possession de tous ses moyens.

— Coinsronds, votre maison est située à l'extrémité droite du sofa, pas vrai ?

— Euh… (il réfléchit) oui, il me semble.

— Nous devons nous diriger vers l'autre bout. La télécommande se trouve là, derrière le coussin.

— Mais… mais, c'est vraiment loin ! s'exclame Coinsronds. On n'a jamais dépassé le parc des Vieux Ressorts ! Notre mère ne veut pas qu'on aille au-delà de cette limite.

— C'est vrai, Max, confirme Penny. On t'a accompagné jusqu'ici, mais on ne peut aller plus loin. Va falloir que tu y ailles tout seul.

— Mais je vais me perdre en route sans vous !

— Tu n'as qu'à prendre le train.

La gare de Divanville ne se trouve qu'à quelques pas du parc. Il s'agit de quelques briques Lego empilées surmontées d'un éclat de verre courbé en guise de dôme. Deux guichets sont ouverts, où des maïs soufflés coiffés de casquettes de papier attendent la fin de leur quart de travail en lisant des magazines.

Les compagnons de Maxime doivent rentrer pour le souper, mais ils ont quand même escorté leur ami jusqu'à la gare en lui laissant un peu d'argent, de petites pierres grises et brunes. Dans une aire d'accueil qui fourmille d'activité, il s'avance à l'un des guichets.

— Bonjour monsieur...

— C'est madame ! répond la guichetière, sans lever le regard.

— Désolé. Euh... j'aimerais avoir un billet aller-retour pour aller à l'autre bout du sofa.

— Il faudrait que tu sois un peu plus précis mon garçon. As-tu un nom de rue, de parc, un endroit spécifique ?

— Bien, je veux aller à la télécommande.

La guichetière relève la tête et fixe son client. Une expression de curiosité se lit sur son visage.

— C'est vraiment à l'autre bout du monde ! Pour quoi faire ? Tu veux rencontrer la souris ?

Maxime fronce les sourcils. Une souris ? Chez lui ? Dans son sofa ? Si sa mère le savait, elle ne descendrait plus au sous-sol ! Mais pourquoi une souris saurait où se trouve Florence ? Les puces sont les seules à connaître la cachette sous le bouton numéro 3.

— Peut-être plus tard. Pour l'instant j'y vais parce que je dois retrouver ma sœur. Elle est... disons... qu'elle a besoin de moi.

— Si tu ne la trouves pas, va voir la souris, elle saura où elle est.

— Elle a son trou dans le coin, votre souris ?

— Pas très loin, en effet. Tu verras quand tu y seras.

Le grain de maïs soufflé lui sert un grand sourire avant d'ajouter :

— Ça te coûtera douze grises et cinq brunes.

Chapitre 5

Une souris dans le sofa ?

Le train, des céréales en O attachées ensemble avec des cheveux avançant sur des rails de spaghettis secs, s'arrête quelquefois pour laisser descendre des passagers et en faire monter de nouveaux. Chaque fois, Maxime attire des regards curieux. Dans le monde des humains, il passerait inaperçu, mais à Divanville, il est aussi visible qu'un éléphant dans un carré de sable.

Le trajet dure plusieurs minutes. Maxime est le dernier passager à bord lorsque que le chauffeur du train annonce l'arrêt de la Place de la Manette, le terminus. En descendant de son wagon, Maxime est quelque peu surpris du décor. Des dunes de sable et de poussière s'élèvent devant lui, des boules de poils bondissent en roulant, poussées par le vent comme dans un film de cowboys, des brindilles jonchent le sol matelassé et craquent sous les pas de Max. Une bande d'acariens s'affaire à rouler de grosses boules de saleté sans se soucier de la présence de Max.

En tournant derrière une dune, Maxime aperçoit la télécommande partiellement cachée sous une épaisse couche de poussière et s'en approche.

— Florence ! C'est moi, Maxime ! crie-t-il.

Il tend l'oreille, mais il n'entend que le bruit du train qui s'éloigne. Il se met à craindre le pire. D'un bond, il s'accroche au rebord et se hisse sur le clavier de la télécommande. Tout de suite, il reconnaît le bouton dont un des coins est cassé, ce qui laisse un trou assez grand pour y glisser un bras. Il se met tout de suite à essayer de le relever. Maxime tire de toutes ses forces, ses veines se gonflent et la sueur perle sur son front, mais il est incapable de réussir. Il essaie à nouveau plusieurs fois, sans succès : le bouton refuse toujours de bouger.

Max change alors de stratégie. Il s'installe près du trou et se remet à crier.

— Florence, si tu es là, réponds-moi !

Toujours rien. Il passe ensuite son bras dans le trou. En tâtonnant avec sa main, il agrippe un morceau de tissu qu'il remonte aussitôt. C'est une veste rose avec une fraise sur le cœur, la même que celle de sa sœur.

Imaginant le pire, Maxime ne peut s'empêcher de pleurer, lui qui, au début de la journée, ne se souciait pas vraiment du bien-être de sa petite sœur. Puis la tristesse fait place à la rage. Il frappe de toutes ses forces sur le bouton avec les poings et les pieds. Il hurle, grogne comme

un ours, mais finit par s'épuiser. Recroquevillé sur lui-même, il verse des larmes, seul sur une télécommande aux proportions gigantesques.

Soudain, Maxime remarque que les acariens se sont cachés dans les tas de poussière et de sable. L'endroit est plongé dans un lourd silence que viennent briser des bruits de pas derrière lui. Quelque chose approche. Quelque chose d'énorme qui a quatre pattes et qui renifle sans cesse.

Maxime n'ose pas faire le moindre geste. À peine se risque-t-il à regarder par-dessus son épaule. De grandes oreilles roses et grises, un museau noir et humide et un pelage gris ; serait-ce la souris dont lui avait parlé la guichetière ?

— J'en ai plus qu'assez des flocons de maïs givrés ! marmonne-t-elle soudainement d'une voix grave. Il doit bien y avoir autre chose quelque part.

Sans faire de geste, Maxime tend l'oreille. La souris semble maintenant s'éloigner de lui. Si la guichetière dit vrai et que le rongeur repart, Max aura perdu une occasion unique de retrouver Florence. Il doit lui parler. Il doit lui demander où est sa sœur, mais il est paralysé par la peur.

— Ne partez pas ! finit-il par bafouiller.

La souris s'arrête, se retourne et le fixe dans les yeux.

— Tiens, Maxime, enfin te voilà.

— Com… comment savez-vous mon nom ?

— Bien, j'entends et je sais tout ce qui se passe à Divanville. D'ailleurs, Grande-voile doit se faire du mauvais sang pour toi à l'heure qu'il est. Et ta sœur se meurt d'impatience de te revoir.

Maxime arrête de respirer. Son cœur tambourine.

— Où se trouve-t-elle ? Elle va bien ?

— Ne t'inquiète pas, j'ai veillé sur Florence. Elle est chez moi, dans mon

trou, à l'abri de ces méchantes puces. Elle s'est assoupie, alors j'en profite pour grignoter un peu.

D'un coup, Maxime se calme et respire normalement.

— Votre trou est-il bien loin ?

— Non, c'est tout près, dans le bras du sofa. D'ailleurs on le voit d'ici.

La souris pointe derrière elle un trou creusé dans le rembourrage. Un paillasson est installé juste devant et de la paillette dorée décore le contour.

— Ça a l'air accueillant chez vous. On dirait presque la caverne d'Ali Baba.

— Merci, ricane la souris, j'aime bien faire de la décoration. Et appelle-moi Canapé.

— D'accord, Canapé. Est-ce que je peux aller voir ma sœur maintenant ?

— Bien sûr.

Chapitre 6

Chez Canapé

Une douce odeur de sapin règne dans le trou de Canapé. Le sol est jonché de brindilles vertes et brunes provenant du dernier sapin de Noël que les Boisclair avaient installé au sous-sol.

Le visage serein, Florence dort sur un matelas de mousse arrachée du sofa. Maxime la regarde et se dit qu'il dormirait bien lui aussi. Tout ce voyage a drainé ses énergies jusque dans ses plus profondes réserves. Mais il ne peut se reposer tout de suite, car s'il a retrouvé sa sœur, il doit maintenant trouver le moyen de sortir du sofa.

Maxime tourne la tête et regarde du côté de la souris qui, assise sur un bouchon de liège, lit un bout de papier journal.

— Canapé, saurais-tu comment on sort d'ici ? Grandevoile m'a dit qu'elle connaissait quelqu'un qui pourrait le savoir, mais c'est à l'autre bout de Divanville. Il faudrait que je rentre le plus tôt possible, car mes parents vont s'inquiéter et...

— Oui, je sais comment, mais ça ne dépend pas de toi.

Max ne semble pas comprendre. Ses yeux affichent des points d'interrogation. Canapé replie alors le bout de son journal et commence à lui expliquer :

— Ce n'est pas toi qui décides quand tu peux revenir dans ton monde. C'est le sofa lui-même et il n'est pas pressé de te voir partir.

— Pourquoi ? Qu'est-ce que je lui ai fait ?

— Vois-tu Max, les choses qui t'entourent ont une vie propre. Elles n'ont pas choisi d'être ce qu'elles sont et demandent qu'on les respecte. Dis-moi, combien de temps passes-tu assis sur le sofa par semaine ?

— Euh, je ne sais pas trop, beaucoup, j'imagine.

— En fait, tu passes tout ton temps libre sur le sofa ! Dès que tu le peux et même quand tu ne le peux pas, qu'il fasse beau ou non, tu te retrouves assis sur le sofa à regarder la télé ou à jouer à des jeux vidéo. Même que, quelquefois, il t'arrive de dormir dessus. Mets-toi à sa place : le

sofa a rarement l'occasion de se reposer, de reprendre sa forme, de respirer un peu. Il y a toujours quelqu'un qui l'en empêche. Alors, il s'abîme rapidement, devient inconfortable et perd de sa dignité.

— Mais je…

— Donc, lorsqu'il t'a entendu dire qu'un nouveau sofa s'en venait et que vous alliez vous en débarrasser, il s'est fâché et il vous a aspirés ici ta sœur et toi. Pour te faire comprendre.

Maxime est bouche bée. Dans sa tête, les questions s'entrechoquent. Les choses ont vraiment une vie ? Est-ce que la télévision me réserve le même sort ? Dois-je me méfier de la toilette ? Mais plus que tout, il se sent coupable.

— Je… je ne sais pas quoi dire. Je suis tellement désolé, je ne savais pas que je faisais du mal à quelqu'un ou à quelque chose. En plus, si on jette le sofa, tu n'auras plus de maison, c'est ça ?

— Pas seulement moi, mais tous les habitants de Divanville devront eux aussi se trouver une autre maison. Pas vrai, Grandevoile ?

Tout à coup, la pièce de dix sous entre dans le trou. Elle est seule et semble triste.

— Il a raison, Maxime. Si votre famille jette le sofa, la mienne se retrouve à la rue. Je ne t'ai pas dit tout de suite d'aller voir Canapé, car je voulais que tu découvres le monde qu'abrite ton sofa. Bien sûr, il y a des gens méchants comme le gang des puces, mais notre monde vaut quand même la peine d'être conservé.

Maxime comprend ce que Canapé et Grandevoile lui ont dit. Il faut empêcher que le sofa soit jeté aux ordures.

— Je vous promets que si vous me renvoyez chez moi, je vais tout faire pour que le sofa ne soit pas jeté. Je vais y faire attention, le remettre en beauté, le faire rembourrer. Donnez-moi une deuxième chance, je vous en supplie !

Le sol se met alors à trembler. Un craquement intense se fait entendre. Grandevoile et Canapé reculent de quelques pas.

— Au revoir, Maxime. N'oublie pas ce que nous t'avons dit !

Ils s'échangent des signes de la main et Maxime est aspiré vers le haut.

Max ouvre les yeux. La télé est allumée et sa partie de hockey vient tout juste de commencer. Aussitôt, il bondit pour éteindre la console de jeu et la télévision. En regardant l'horloge, il remarque qu'ils ne sont disparus que quelques minutes, alors que son aventure semble avoir duré plusieurs heures. Il se retourne et voit Florence, assise sur le sofa qui s'étire les bras.

— J'ai fait un rêve bizarre, dit-elle à son grand-frère avec une voix encore un peu endormie. J'étais prisonnière du sofa et des puces ont voulu me faire du mal, mais une grosse souris est venue me sauver.

Maxime ricane avant d'ajouter :

— C'est effectivement un rêve bizarre. Il fait super beau dehors, tu veux qu'on aille jouer ?

— Oui ! On joue au ballon !

— Avec plaisir, Florence.

Épilogue

Sauvons le sofa !

L a voiture pourpre des Boisclair tourne le coin de la rue. François regarde en direction du parc et aperçoit ses deux enfants qui jouent au soccer avec un plaisir évident. Il se retourne vers Carole.

— Tu vois ? Tout semble s'être bien passé. Je t'avais dit aussi de ne pas t'inquiéter.

— C'est étonnant ! Je n'en reviens pas. Avant aujourd'hui, Florence avait l'air de déranger Maxime chaque fois qu'elle était dans la même pièce que lui, et là, ils s'amusent ensemble.

Dès qu'ils remarquent l'arrivée de leurs parents, Maxime et sa petite sœur se précipitent vers eux.

— Papa ! Il faut que tu annules la livraison du nouveau sofa !

— Hein, pourquoi ? Tu avais l'air content ce matin quand je t'ai annoncé notre nouvel achat, qu'est-ce qui t'a fait changer d'idée ?

— Bien, j'ai réfléchi et je crois qu'il serait mieux qu'on garde le vieux et qu'on le répare. On pourrait choisir la couleur ou le motif de tissu qu'on veut, on pourrait aussi rembourrer les coussins, remplacer quelques ressorts...

— D'accord, mais papa et maman n'ont pas vraiment le temps de réparer le sofa. Il faut qu'on trouve un rembourreur compétent qui n'a pas peur de la grosse ouvrage. Je pense aussi que ce sera plus cher que d'acheter un nouveau sofa. Je ne vois pas pourquoi tu insistes autant.

Maxime réfléchit. Ses parents semblent très surpris de le voir s'accrocher à un vieux meuble dont lui-même se plaignait encore hier.

— On n'a qu'à être raisonnable, finit-il par dire, et à ne pas prendre ce qu'il y a de plus cher. Je vais le faire, moi ! Même s'il ne redevient pas aussi beau que lorsqu'il était neuf, ça ne me dérange pas. En plus, vous n'êtes pratiquement jamais au sous-sol, il n'y a que moi et parfois Florence qui utilisons le sofa. Je… je l'aime notre vieux sofa, moi !

Juste après avoir dit cela, une mélodie de Mozart se fait entendre. C'est le téléphone cellulaire de François qui sonne et ce dernier répond aussitôt.

— Allô, François Boisclair à l'appareil.

— Bonjour, monsieur Boisclair, c'est Conrad Plumeau, du magasin Divanrama.

Le volume est si fort que Maxime arrive à entendre l'interlocuteur de son père. Il sait donc à qui il parle et supplie ce dernier du regard.

— Qu'est-ce qui se passe ? reprend François.

— Bien, j'ai une mauvaise nouvelle pour vous. Il nous sera impossible de livrer votre sofa aujourd'hui, car nous avons des problèmes avec nos deux camions. Est-il possible de faire la livraison demain ?

Le père regarde son fils dans les yeux. Maxime joint ses mains en signe de prière.

— S'il te plaît papa, annule tout.

— Monsieur ? fait la voix au téléphone.

— Oui, désolé.

— Alors, on dit demain entre huit et dix-huit heures, ça vous va ?

— Euh, oui, ça me va, mon fils va vous accueillir.

— Parfait. À demain alors.

François raccroche alors que Maxime semble abattu. Que peut-il faire maintenant ?

— Ne t'inquiète pas, mon fils. Tu vas voir, le nouveau sofa est très confortable.

— Je m'en fous ! Je voulais garder celui-là, moi !

— Mais rien ne nous empêche de le mettre ailleurs. Que dirais-tu de l'avoir dans ta cabane, dans la cour ?

Les yeux de Maxime s'arrondissent. Dans la cabane, le sofa pourra respirer et être tranquille, Canapé va pouvoir manger autre chose que des flocons givrés et les sous auront plein de nouveaux amis. Il reste cependant un obstacle à franchir.

— Comment on va faire pour le protéger de la pluie et de tout ça ?

— Bien, je crois qu'on a une toile dans le sous-sol qui pourrait faire l'affaire. J'ai vu aujourd'hui que je pouvais te faire confiance. Donc, si tu le recouvres chaque fois que tu n'es pas dans ta cabane, il peut durer encore un bon bout de temps.

Maxime se précipite vers son père et le serre dans ses bras. François le serre aussi, mais il semble toujours surpris de l'affection soudaine de son fils pour le vieux meuble.

— Merci papa. Merci mille fois.

— Ça va, ça va, mais il va falloir que tu me dises ce qui t'a fait réfléchir autant.

Maxime ricane et ajoute en se séparant de son père :

— Un jour, peut-être, je te le dirai.

Le soir venu, Maxime se réfugie dans sa cabane, enlève la toile et se couche délicatement sur le sofa. Son père et lui l'ont transporté là juste avant le souper. Il colle son visage dans une des fentes.

— Canapé, Grandevoile, vous m'entendez ?

Pas de réponse. Maxime répète, mais il finit par se dire que ça ne sert à rien.

Il secoue la tête, se relève et remet la toile en place.

— Bonne nuit ! lance-t-il à tout hasard.

Maxime se demande s'il retournera un jour dans le ventre du sofa.

En ouvrant la porte-patio, il ne voit pas Canapé qui se faufile en douce en même temps que lui dans la maison...

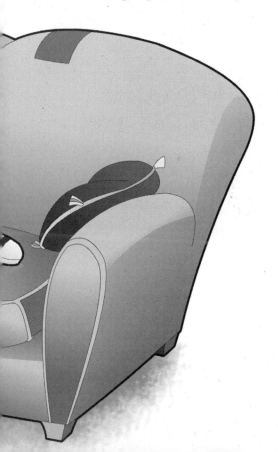

Gaël Corboz

Cette idée m'est venue en m'assoyant un peu trop brutalement sur mon divan neuf. Je me suis dit : « Pauvre lui ! Ça ne doit pas être drôle d'être un sofa. »

Puis tout à coup, le sofa s'est mis à me raconter sa vie, de sa naissance à l'usine en passant par son adolescence sur le plancher du magasin de meubles jusqu'à aujourd'hui, alors qu'il est maintenant un travailleur à temps plein dans mon salon.

C'était une histoire passionnante et émouvante. Je ne savais pas que les objets avaient des sentiments. Et, depuis ce temps, je dis merci à ma brosse à dents et bonne nuit à mon oreiller.

Ma copine ne cesse de me dire que j'ai rêvé tout ça en m'endormant devant un documentaire sur l'alimentation du concombre de mer, mais je sais que ce n'est pas vrai. Au moins vous me croyez, vous, hein ?

Dans la collection
Chat de gouttière